JN244086

母ちゃんは
赤とんぼの歌が
上手《うま》かった。

とんぼの季節になると
毎年、
母ちゃんに会える。

ふみ・市原みどり
え・川合 孟

ふみ／市原みどり（三重県 38歳）
「母」への手紙（平成6年）応募作品
え／川合 孟（京都府 64歳）
「青 空」第13回（平成19年）入賞作品

達磨さんが
転んだ。
達磨さんが
転んだ。
母ちゃんの人生は
七転び八起き。
私……
誇りに思っている。

ふみ・新川千枝子
え・藤原伸顕

ふみ／新川千枝子（広島県 54歳）
「母」への手紙（平成6年）応募作品
え／藤原 伸顕（京都府 70歳）
「人生負けるな」第13回（平成19年）応募作品

ぼく
たいいんした時
思ったんだ。
ぼくの
ふるさとって
家かなって。

ふみ・岩崎博紀(八歳)
え・山縣美由紀

ふみ／岩崎　博紀（新潟県 8歳）
手紙「ふるさとへの想い」（平成11年）入賞作品
え／山縣美由紀（広島県 45歳）
「サンタさんはまだかなあ」第9回（平成15年）入賞作品

ふみ／菅崎　泉（岡山県　24歳）
「家　族」への手紙（平成7年）入賞作品
え／川村　千佳（高知県　44歳）
「旅の途中で…」第12回（平成18年）応募作品

出張中は
あなたのふとんで
寝ることにしたの。
早く帰ってきてね
あなた。

文・菅崎泉
絵・川村千佳

桜が恋しい
って言ったら
見に行こう
と夫は言う。
わかってないのね。
深い意味。

文・公佳子ミハラキス
絵・小嶋裕滋

ふみ／**公佳子ミハラキス**（オーストラリア 37歳）
手紙「ふるさとへの想い」（平成11年）入賞作品
え／**小嶋　裕滋**（福岡県 35歳）
「夜桜」第3回（平成9年）入賞作品

ふみ／山本　清子（福井県 49歳）
手紙「ふるさとへの想い」（平成11年）入賞作品
え／石川　昭尚（愛媛県 62歳）
「つかの間の色どり」第9回（平成15年）入賞作品

このままで、、
このままが、、
それだけで、、
私のふるさと

ふみ・山本清子
え・石川昭尚

ふみ／酒井里絵子（三重県 28歳）
「愛」の手紙（平成7年）入賞作品
え／高田 智（大阪府 63歳）
「一族の初詣」第10回（平成16年）入賞作品

初詣での帰りのプロポーズ。
神様は
あなたに
私の願い事を
教えたんですね。

文・酒井里絵子
絵・高田 智

おまつりが
すき！
ごちそうが
いっぱい
あるし
うしおにを
かつぐ
おとうさんが
カッコイイ
し。

ふみ・山本勝見
え・渡辺萬里子

ふみ／**山本　勝見**（愛媛県 7歳）
「父」への手紙（平成9年）入賞作品
え／**渡辺萬里子**（愛媛県 64歳）
「故郷の祭り」第10回（平成16年）入賞作品

日本一短い手紙
ふるさとを想う

本書は、平成十年度の第六回「一筆啓上賞 ―日本一短い手紙 ふるさとへの想い」（財団法人丸岡町文化振興事業団主催、郵政省（現 日本郵便）・住友グループ広報委員会後援）の入賞作品を中心にまとめたものである。

同賞には、平成十年六月一日～九月三十日の期間内に五万一四三二通の応募があった。平成十一年一月二十七・二十八日に最終選考が行われ、一筆啓上賞一〇篇、秀作一〇篇、特別賞二〇篇、佳作一六四篇が選ばれた。

本書に掲載した年齢・都道府県名は応募時のものである。

同賞の選考委員は、黒岩重吾（故）、俵万智、時実新子（故）、森浩一（故）の諸氏でした。

※なお、この書を再版するにあたり、冒頭の8作品「日本一短い手紙とかまぼこ板の絵」を加えるとともに、再編集し、増補版としました。コラボ作品は一部テーマとは異なる作品を使用しています。

※財団法人丸岡町文化振興事業団は、平成二十五年四月一日より「公益財団法人丸岡文化財団」に移行しました。

目次

入賞作品

ふるさと

一筆啓上賞

秀作

特別賞

けんけんの
最後《さいご》の輪《わ》を跳《と》びこしたまま消《き》えたあの子《こ》を、
きのう札幌《さっぽろ》で見《み》ました。

一筆啓上賞
［郵政大臣賞］
金子 邦朗
北海道 55歳 司法書士

あの角《かど》を曲《まが》ったら
夫《おっと》と腕《うで》を組《く》んでは歩《ある》けない。
理由《わけ》はないけど、
ふるさとだから。

一筆啓上賞
［郵政大臣賞］
夢野 久江
宮城県 38歳 主婦

ヒトが言《い》うほど、
お前《まえ》は優《やさ》しくないもんな。
も少《すこ》しこっちで頑張《がんば》ってみるよ。

一筆啓上賞
［郵政大臣賞］
倉持 宏
東京都 58歳 写植業

場所《ばしょ》よりも人《ひと》なんだね
じいちゃんのいない　あの家《いえ》
もうふるさとの　におい　ないよ。

一筆啓上賞
［郵政大臣賞］
森　あい
神奈川県　21歳

ふる里《さと》よ、
ぼくは、君《きみ》のことは、わからないけど、
君《きみ》は、ぼくのことわかってるみたい。

一筆啓上賞
［郵政大臣賞］
道谷 真之介
福井県 13歳 中学校

昔《むかし》、一生《いっしょう》使《つか》おうと思《おも》っていた
サッカーボール
今《いま》ではどこへ行《い》ったのだろうか。

一筆啓上賞
［郵政大臣賞］
金森 善彦
福井県 15歳 高校

今年《ことし》は、父《ちち》もあなたの一部《いちぶ》になりました。
優《やさ》しく 眠《ねむ》らせてやって下《くだ》さい。

一筆啓上賞
[郵政大臣賞]
田中 和代
長野県 35歳 会社員

今朝《けさ》、空《そら》からふるさとがおちてきた。
そちらはもう、真《ま》っ白《しろ》ですね。

一筆啓上賞
［郵政大臣賞］
山本 知佐
愛知県 17歳

ふるさとがない者《もの》にとって、
ふるさとという言葉《ことば》は
意味《いみ》のない悲《かな》しい言葉《ことば》です。

一筆啓上賞
［郵政大臣賞］
田嶋 美穂
大阪府 17歳 高校

あと二十時間《にじゅうじかん》すれば故里《ふるさと》に着《つ》く
考《かんが》えれば六十年《ろくじゅうねん》と二十時間《にじゅうじかん》だ

一筆啓上賞
［郵政大臣賞］
栗原 章行
ブラジル 78歳

初恋《はつこい》の思《おも》い出《で》とふるさとは似《に》てるね
心《こころ》の奥《おく》…誰《だれ》にも触《ふ》れられない場所《ばしょ》にある

秀作［北陸郵政局長賞］
小林 紀代美
北海道 32歳 主婦

「海《うみ》が北《きた》で、お寺《てら》が西《にし》…」
今《いま》でも方角《ほうがく》を考《かんが》える時《とき》、
思《おも》い浮《う》かべる景色《けしき》です。

秀作［北陸郵政局長賞］
名達 博吉
埼玉県 50歳 会社員

『ふるさと』っていう言葉《ことば》の響《ひび》きに
酔《よ》っちまうんだよな。特《とく》に年末《ねんまつ》は…

秀作［北陸郵政局長賞］
安原 輝彦
埼玉県 41歳 地方公務員

拝啓《はいけい》
今日《きょう》スーパーで同郷《どうきょう》のウナギに会《あ》いました。
僕《ぼく》は元気《げんき》です。

秀作［北陸郵政局長賞］
熊丸 高雄
東京都 22歳 大学生

見《み》えるのは、ビルの林《はやし》に電線《でんせん》の迷路《めいろ》。
都会《ここ》がボクのふるさと
文句《もんく》、ありますか？

秀作［北陸郵政局長賞］
山仲 謙太郎
神奈川県 20歳 大学生3年

コスモスばたけ、
友《とも》だちさがして、走《はし》り回《まわ》ったよ。
はなのあたまに花《か》ふんがついたよ。

秀作［北陸郵政局長賞］
深谷 有里
福井県 8歳 小学校

久《ひさ》しぶりに帰《かえ》ってきたら、無人駅《むじんえき》。
白髪《しらが》まじりの駅員《えきいん》さん、お元気《げんき》ですか。

秀作［北陸郵政局長賞］
山口 実佐恵
愛知県 17歳

学校《がっこう》が壊《こわ》れる時《とき》、
想《おも》い出《で》も一緒《いっしょ》に
消《き》えてしまいそうで怖《こわ》かった。

祖父母の代から通った小学校が廃校により取り壊されました。妹は最後の卒業生となりました。

秀作［北陸郵政局長賞］
仲山 沙織
大阪府 18歳

しょっちゅうケンカしてる父母《ふぼ》と、
雑草《ざっそう》だらけの
コスモス畑《ばたけ》のある所《ところ》の事《こと》かしら?

理想とはあまりにかけ離れたわがふるさとではありますが、やはり恋しさは同じです。

秀作［北陸郵政局長賞］
渡邉 光子
岡山県 46歳 国家公務員

面接《めんせつ》でつねすべり市《し》出身《しゅっしん》だね
と言《い》われ頭《あたま》にきて
常滑焼《とこなめやき》ご存知《ぞんじ》？　と言《い》い返《かえ》した

私は今遠く鹿児島に住んでいますが、故郷は朱泥茶器に代表される「とこなめ焼き」の陶都愛知県常滑市の出身です。応募作品は実際の体験です。

秀作［北陸郵政局長賞］
渡邉　英明
鹿児島県　54歳

流氷《りゅうひょう》が春風《はるかぜ》に押《お》されて去《さ》っていく。
これを「冬《ふゆ》の後姿《うしろすがた》」と呼《よ》んでます。
住《す》んで良《よ》かった。

3月下旬から4月の上旬に流氷は離岸します。

特別賞
林 勝二
北海道 57歳 自営

ふるさとが、都会《とかい》では変《へん》ですか、
ここは、余《あま》りにも寂《さび》しいです。
私《わたし》、まだ十八《じゅうはち》なんです

特別賞
平野くらら
青森県 18歳 大学生

父の病の為、生れて16年間住み慣れた都会から母の実家の青森の田舎に。私、毎日夢を見ます。

幼友達や先生の顔、でもここは遠い、友からの便りもとだえがちです。

同郷《どうきょう》モンは好《す》かね！
故郷《くに》の言葉《ことば》ばしゃべっから。
けってぐなって
心《こころ》、パタパタする。

同郷の者は好きじゃない！故郷の言葉をしゃべるから。
（故郷から離れた土地で淋しさをガマンして働いているのに、故郷や家族のことなどを思いだしせつなくなって思わず）帰りたくなって、心が（浮き足立って）パタパタする。

特別賞
岩瀬 光江
宮城県 36歳

命《いのち》としてだきしめることのできなかった、
吾子《あなた》の、ふるさとでいていいですか。

特別賞
児玉 直子
山形県 38歳 団体職員

ふるさとから　一歩出《いっぽで》れば
そこは　誰《だれ》かの　ふるさと
だから　地球《ちきゅう》は　全部《ぜんぶ》ふるさと

特別賞
木村 澄子
茨城県　55歳

「ただいま」「おかえり」
「おはよう」「おやすみなさい」
がある場所《ばしょ》が私《わたし》の故郷《ふるさと》です

特別賞
石渕 由美子
茨城県 23歳 公務員

全国豊《ぜんこくゆた》かさランキング最下位《さいかい》。
それがどうした、
オレにとっては「一番《いちばん》」さ。

特別賞
和知 洋輔
埼玉県 21歳 大学

心《こころ》の中《なか》で歩《ある》いてみると
地図《ちず》のいらない町《まち》
あの道《みち》を歩《ある》いてみたい

特別賞
安部 幸喜
千葉県 38歳

この町《まち》がどれぐらい好《す》きかと言《い》うと、
嫁《よめ》に行《い》ったのに、
帰《かえ》って来《き》てしまったくらい♡

特別賞
堤 啓子
東京都 38歳 音楽講師

ぼく、たいいんした時《とき》
思《おも》ったんだ。
ぼくのふるさとって家《いえ》かなって。

特別賞
岩崎 博紀
新潟県 8歳

トラックの排《はい》ガスのにおいが好《す》き
島《しま》へのフェリーを
思《おも》い出《だ》すから

特別賞
寺﨑 央子
富山県 20歳

車《くるま》いすで施設《しせつ》入《い》り。
同市内《どうしない》なのに遠《とお》い感《かん》の大好《だいす》きな自宅《じたく》。
これも故郷《ふるさと》って言《い》うよな。

特別賞
清水 恒夫
石川県 53歳

このままでいい
このままがいい
それだけでいい
私《わたし》のふるさと

特別賞
山本 清子
福井県 49歳 会社員

僕《ぼく》の庭《にわ》であめ色《いろ》の蝉《せみ》がらを見《み》つけた。
僕《ぼく》の故里《ふるさと》はここから始《はじ》まってゆきます。

特別賞
内田 冬萌
福井県 12歳 小学校

あなたの過去《かこ》は知《し》りたくないけれど、
あなたを育《はぐく》んだふるさとが見《み》たい。

特別賞
波母山 矩子
長野県 51歳 主婦

俺《おれ》には親《おや》が三人《さんにん》いる。
父親《ちちおや》、母親《ははおや》、そしてふるさと下関《しものせき》。
みんな守《まも》っちゃる。

特別賞
奥野 靖広
三重県 26歳 会社員

この先《さき》、山《やま》の色《いろ》が濃《こ》くなる。思《おも》わず深呼吸《しんこきゅう》。
ここが好《す》き。生《う》まれた場所《ばしょ》で生《い》きる幸《しあわ》せ。

特別賞
田中 満
兵庫県 41歳 主婦

カーブをすぎると山の色が違う。冬には雪化粧になるし、春先の若葉の色もひときわ鮮やかだ。帰って来て、山にかこまれたここで大きく息をすう。ホッとする瞬間。生まれた場所で生きてゆける幸せを思います。

ぼくは一秒《いちびょう》で故郷《ふるさと》に行《い》けまーす。
目《め》をつぶると
ワラビ取《と》りした山《やま》が見《み》えまーす。

特別賞
大林 佑生
奈良県 11歳 小学校5年

桜《さくら》が恋《こい》しい、て言《い》ったら、
見《み》に行《い》こう、と夫《おっと》は言《い》う。
わかってないのね、深《ふか》い意味《いみ》。

海外に住む私にとって桜はそのまま日本のイメージです。

特別賞
公佳子 ミハラキス
オーストラリア 37歳

「いつもどれるの？。」
母《はは》に聞《き》いたら
涙《なみだ》を浮《う》かべて、
「もう少《すこ》し。」と。

特別賞
小澤 扶美
イギリス 13歳

ふるさと

佳作

ずるいよこん平《ぺい》さん！
日本中《にほんじゅう》に故里《ふるさと》が在《あ》るなんて!!。
私《わたし》は失《な》くしてしまったのに…。

太田 博
北海道 36歳 公務員

流行《りゅうこう》に反《はん》した長《なが》いスカート、
丸襟《まるえり》ブラウスの制服《せいふく》も
この町《まち》だから着《き》られるのだ。

坂内 倫子
北海道 18歳 高校

家族《かぞく》五人《ごにん》でふるさとへ。
往復《おうふく》五十万円也《ごじゅうまんえんなり》。
夫婦《ふうふ》ゲンカも　ひかえめです。

佐野　冨美子
北海道　39歳　パート・主婦

迷子《まいご》になった時《とき》、いか漁《りょう》のいさり火《び》は、
僕《ぼく》の心《こころ》の中《なか》にも明《あか》りを灯《とも》してくれたんだ。

宍戸 直人
北海道 13歳 中学校

信長《のぶなが》の焼鳥《やきとり》、ぎん平《ぺい》の蕎麦《そば》、
なかむらのラーメン。
そして母《かあ》さんのカレーが食《た》べたい。

武田 龍太郎
北海道 29歳 僧侶

台風《たいふう》の度《たび》、故郷《ふるさと》の朽《く》ちる荒家《あれや》に
掛《か》け戸《ど》をしてくれればよかったと
自分《じぶん》を責《せ》めてます

西井 みよ子
北海道 69歳 主婦

雲《くも》を指《ゆび》さし、「うさぎさん」と娘《むすめ》がいう。
そんないい目《め》は　遠《とお》き故郷《ふるさと》に、
忘《わす》れてきました。

松井 京子
北海道 37歳 主婦

どんなに絵《え》が下手《へた》だって、
田舎《いなか》の自然《しぜん》の絵《え》を書《か》けば、
ピカソにだってまけないぞ。

吉川 慎一郎
北海道 13歳 中学校

いいなぁ　帰《かえ》るところがあってと、友《とも》はいう。
カンタンに　帰《かえ》れたら　苦労《くろう》しないよ。

白川　悦子
青森県　33歳　会社員

父《ちち》と母《はは》の待《ま》つ
なつかしい「ふるさと」ってやつに、
私《わたし》は絶対《ぜったい》なってやる！

紺野 茜
宮城県 20歳 学生

雪《ゆき》あかりの中《なか》、
今《いま》もあなたは20ワットのぬくもりで
私《わたし》を待《ま》っていてくれますか？

高橋 留美子
秋田県 48歳

元気《げんき》かカワセミミミズククワガタタニシ
シオマネキキタキツネネコマタギ。

大江進
山形県 45歳 木工業

生《う》まれた町《まち》を遠《とお》くはなれて
フルサトはふるさとになった

菅野 史恵
山形県 20歳

手放《てばな》した家《いえ》の前通《まえとお》りました
緑《みどり》のブラインドは
そのまま使《つか》ってくれたんですね

千葉由紀
山形県 29歳 主婦

あの一本橋《いっぽんばし》は、もう無《な》いのでしょうね。
目《め》を閉《と》じれば、そこにあるのに。

浅野まゆみ
福島県 37歳 主婦

早《はや》く出《で》ていきたい。
一人《ひとり》で生《い》きて、
そして、いつか必《かなら》ず帰《かえ》ってくるんだ。

安斎 智子
福島県 17歳

捨《す》てたかったふる里《さと》。
捨《す》てられなかったふる里《さと》。
捨《す》てなかった自分《じぶん》が、今《いま》は好《す》き。

上村 博子
福島県 27歳 主婦

家《ここ》に居《い》ちゃあいけませんか？
故郷《ここ》で死《し》んじゃあいけませんか？

川名ミユキ
福島県 15歳 高校

見送《みおく》られ、上野駅《うえのえき》まで泣《な》いていた。
三年後《さんねんご》、上野駅《うえのえき》から泣《な》いていた。

佐藤 明子
福島県 37歳 会社員

忘《わす》れたくて、隠《かく》したくて、捨《す》てたくて、
だけどくすぐったくて照《て》れ臭《くさ》い、
故郷《ふるさと》の夕陽《におい》

鈴木 絵梨
福島県 21歳

30年前《ねんまえ》のふるさとへ
タイムマシンで行《い》ってみたいと言《い》う母《はは》
何《なに》があるの？

中堂 園恵
福島県 12歳

大切《たいせつ》な人《ひと》ができた。
守《まも》りたいものができた。
そこが故郷《ふるさと》になった。

飛田 ちづる
茨城県 21歳 大学

村祭《むらまつり》の神輿《みこし》が軽《けい》トラに乗《の》った
小学校《しょうがっこう》も複式授業《ふくしきじゅぎょう》になった
元気《げんき》なのは選挙《せんきょ》だけだ。

斎藤 マツ
栃木県 87歳

疲《つか》れて故郷《ふるさと》に帰《かえ》ると母《はは》が一言《ひとこと》
「会社《かいしゃ》辞《や》めてここで暮《く》らせ」
明日《あした》は会社《かいしゃ》に行《い》こう。

廣瀬 健司
栃木県 55歳 会社員

フランスでは〝ド〟は貴族《きぞく》の称号《しょうごう》だとか。
ド田舎《いなか》は、懐《なつ》かしさの称号《しょうごう》ですね。

松本 育子
栃木県 37歳 主婦

ぼくとまぁちゃんのふるさとは、
ぱぱのせなかとままのひざのうえです。

宮下 久生
栃木県 7歳 小学校

自慢《じまん》することがない。
けれど不服《ふふく》もない。
まるで親《おや》のような。
そんな場所《ばしょ》です、上州《じょうしゅう》は。

小野里 美和
群馬県 26歳 絵画講師

バブルではしゃいでました。
すみません、忘《わす》れてて。
トボトボ帰《かえ》りの青《あお》い月《つき》。

坪田周司
群馬県 49歳

夕方《ゆうがた》　係《かかり》が　電柱《でんちゅう》の紐《ひも》を竿《さお》で引《ひ》っ張《ぱ》ると
村中《むらじゅう》の　灯《あかり》がつき　子供等《こどもら》は　家《いえ》に入《はい》った

嶋田 妙子
埼玉県　71歳

草《くさ》の香《かお》りを含《ふく》んだ風《かぜ》が吹《ふ》く頃《ころ》ですね
また、縁側《えんがわ》に座《すわ》って漬《つ》け物《もの》が食《た》べたいです。

古谷 充
埼玉県 45歳 サラリーマン

かんけり　かげふみ　かくれんぼ
すりきず　きりきず　赤《あか》チンキ
小五《しょうご》の夏《なつ》の冒険旅行《ぼうけんりょこう》

藤森 佳子
埼玉県　28歳　主婦

あの高《たか》いビルが山《やま》。その脇《わき》の高速道路《こうそくどうろ》は川《かわ》。
東京《とうきょう》にも故郷《ふるさと》があるよ。今年《ことし》も帰《かえ》れない。

小山 年男
千葉県 68歳

ふるさとがあるっていいよね
郷土料理《きょうどりょうり》もありゃしない
私《わたし》たちは東京団地生《とうきょうだんちう》まれ

定森 麻希子
千葉県 24歳 会社員

もんじゃの町《まち》、月島《つきしま》。
八百屋《やおや》もみそ屋《や》もすし屋《や》も商売替《しょうばいが》え。
母《はは》がいるから、故郷《ふるさと》だけど。

稲垣　さちこ
東京都　39歳
OA入力オペレーター

故郷《ふるさと》は初恋《はつこい》消えて一《いち》キロ遠《とお》く
悪友《あくゆう》散《ち》って十《じゅっ》キロ遠《とお》く
母《はは》が逝《い》って星《ほし》より遠《とお》くなり

岡西 通雄
東京都 54歳

母《かあ》さん、野菜《やさい》届《とど》いたよ。うまかった。
でもトマトは入《い》れないでね。
手紙《てがみ》、読《よ》めなかったよ。

岡屋 淳
東京都 25歳
フリーアルバイター

高級料亭《こうきゅうりょうてい》の前《まえ》で
「下関直送《しものせきちょくそう》フグ刺《さし》」の看板《かんばん》を見《み》ると、
急《きゅう》に胸《むね》を張《は》って歩《ある》き出《だ》すのです。

太田 奈津子
東京都 32歳 主婦

そう言《い》えば故郷《ふるさと》がある
帰《かえ》ろうかな、帰《かえ》っていいのかな
ちょっと死《し》ぬのやめてみよう

尾崎 良晴
東京都 25歳

宝《たから》くじが当《あ》たったら、
とっとと荷物《にもつ》まとめて北海道《ほっかいどう》に帰《かえ》るぞ。

金山 敦司
東京都 33歳 会社員

もしかして、
ふるさとの事《こと》を想《おも》う時《とき》に流《なが》れるのは、
今《いま》の日々《ひび》かもしれないんだなあ。

上中 康成
東京都 16歳 高校1年

露路《ろじ》の奥《おく》、家々《いえいえ》のすき間《ま》、
空《あ》き地《ち》の土管《どかん》にあった、
子供《こども》たちの王国《おうこく》。

小井沼 玉樹
東京都 38歳

ふるさとに帰《かえ》って
3日《か》は「よう来《き》たな」、
4日《か》目《め》以《い》降《こう》は「まだ居《お》んの」

小濱 豪
東京都 25歳 会社員

たかが「佳作《かさく》」。
されど、素晴《すば》らしい感動《かんどう》と出合《であ》えた丸岡町《まるおかちょう》。
私《わたし》の心《こころ》の故郷《ふるさと》になりました。

栗原 玉
東京都 57歳 パート

僕《ぼく》のふるさとは音楽《おんがく》です
音楽《おんがく》は僕《ぼく》の心《こころ》をやわらげたり
激《はげ》しくしたりします

関口 修平
東京都 16歳 高校

徒歩《とほ》二十分《にじゅっぷん》のふるさと
大通《おおどお》り一本《いっぽん》渡《わた》るだけで
やっぱり懐《なつか》しい匂《にお》い。
ありがとう。

清水 志乃
東京都 27歳 会社員

鉛《なまり》みたいな雪《ゆき》を嫌《きら》って故郷《ふるさと》を出《で》たが、
今《いま》は、夢《ゆめ》で宝石《ほうせき》みたいに光《ひか》ってる、
故郷《ふるさと》の雪《ゆき》。

杉山 紀美江
東京都 68歳 パート

僕《ぼく》の故郷《ふるさと》は
「ほのぼの郡《ぐん》のどか村《むら》大字《おおあざ》そぼく」
なんて茶化《ちゃか》して、内心自慢《ないしんじまん》している。

田中 春次
東京都 50歳 会社員

次《つぎ》は終点《しゅうてん》ふるさとです。
何《なに》もかもぬぎすててお降《お》り下《くだ》さい。

坪田 典子
東京都 17歳 高校

雪《ゆき》が降《ふ》っていて、
近《ちか》くにある教会《きょうかい》の鐘《かね》の音《おと》が聞《き》こえる。
モスクワ、私《わたし》の故郷《ふるさと》。

ドブロボーリスカヤ・アンナ
東京都　18歳　日本語学校

懐《なつか》しいのに帰《かえ》れない
甘《あま》えたいのに強《つよ》がってみる
なんてちっぽけな私《わたし》

松井 雅美
東京都 25歳 フリーター

ゴーヤー、なぜ苦《にが》い。
焼酎《しょうちゅう》、なぜ辛《から》い。
さとうきび、なぜ甘《あま》い。
いいさァ、それがふるさと。

山﨑 与志子
東京都 54歳 主婦

夕焼《ゆうや》けは　本当《ほんとう》はこの世《よ》に二《ふた》つある
目《め》の前《まえ》に　ひとつ　ふるさとにひとつ

山口 美幸
東京都 OL 27歳

ひのきの「まな板《いた》」ありがとう。
四万十川《しまんとがわ》を想《おも》いながら
「トントン」やってます。

山田 和美
東京都 58歳 会社員

今《いま》だけんいうばってん
ケンちゃんが好《す》きで好《す》きで
毎日《まいにち》望遠鏡《ぼうえんきょう》で見《み》とったっよ。

吉坂　明美
東京都　60歳

帰《かえ》る度《たび》、
「変《か》わってないねえ。」とうそぶいて、
変《か》わっていたら、淋《さび》しいくせに。

青木 玲子
神奈川県 31歳 主婦

このごろ田舎《いなか》なまりが
すぐに出《で》てこなくなりました。
少《すこ》し淋《さび》しい気《き》がします。

和泉良一
神奈川県　54歳　会社員

その方言《ほうげん》は、なまり方《かた》が違《ちが》うと、
テレビに向《む》かって
突《つ》っ込《こ》みを入《い》れる一人《ひとり》の部屋《へや》。

大関 宏之
神奈川県 38歳 会社員

記憶《きおく》のふるさとはいつも夏《なつ》で、
小《ちい》さな自分《じぶん》が
ラジオ体操《たいそう》に出《で》かけるのが見《み》える。

萩原 木綿子
神奈川県 27歳 アルバイト

君《きみ》のふるさとに
拒《こば》まれていると感《かん》じたあの日《ひ》から、
別《わか》れを予《よ》感《かん》していた気《き》がする。

小林 真希子
神奈川県 32歳 主婦

夕焼《ゆうや》けは海《うみ》に沈《しず》むものです。
三十年《さんじゅうねん》経《た》ってもこれだけは譲《ゆず》れません。

長井 京子
神奈川県 49歳 主婦

ふるさとはどこ?　なんてきかないで、
人《ひと》にはいえない、ふるさともある。

中尾　紀久子
神奈川県　51歳　主婦

いつの年《とし》からか、
「帰《かえ》る」が「行《い》く」に変《か》わってた。
私《わたし》、本当《ほんとう》に巣立《すだ》ったのですね。
少《すこ》し寂《さび》しい。

藤丸 実花
神奈川県 35歳 会社員

今年《ことし》は台風《たいふう》でふるさとに
電話《でんわ》する口実《こうじつ》が増《ふ》えました。
何《なん》だか複雑《ふくざつ》な気持《きも》ちです。

本間 雅之
神奈川県 33歳 会社員

列車《れっしゃ》の車窓《しゃそう》から、
ふるさとの風《かぜ》が吹《ふ》いてきました。
目《め》をとじて、母《はは》と会《あ》っていました

藤田 かずえ
神奈川県 42歳

帰省《きせい》する日《ひ》は、一張羅《いっちょうら》を着《き》て、
化粧《けしょう》を念入《ねんい》りにしてしまう。
なんでかなあ—ふるさと—

豊住 有子
神奈川県 29歳 主婦

倒産《とうさん》したよ。
でも死《し》なない。夜逃《よに》げもしない。
必《かなら》ず故郷《ここ》から再起《さいき》するんだから。

遠藤 愛子
新潟県 47歳 自営

つないでいた手《て》を離《はな》した時《とき》、
やっとあなたを見《み》つけました。
ここが私《わたし》の故郷《ふるさと》。

小野梓
新潟県 17歳 高校

「田舎《いなか》どこ？」って聞《き》かれるの好《す》きなんだ。
「いいところね」って言《い》われると嬉《うれ》しいよ。

小林まゆみ
新潟県　32歳

夏祭《なつまつ》り　浴衣《ゆかた》の息子《むすこ》と下駄《げた》鳴《な》らす
その瞳《め》に映《うつ》れ私《わたし》のふるさと

権平 礼子
新潟県 25歳

栗《くり》のイガイガ、きゅうりのトンネル、
もみがらの山《やま》、ねぎ坊頭《ぼうず》。
一人《ひとり》っ子《こ》の私《わたし》の遊《あそ》び場《ば》。

村川幸
新潟県　16歳　高校1年

今日《きょう》でおしまい。
いっしょに揃《そろ》うのは。
先生《せんせい》が言《い》った。
卒業《そつぎょう》の日《ひ》の教室《きょうしつ》。

伊藤 郁子
福井県 46歳 地方公務員

自分《じぶん》では悪口《わるぐち》を言《い》っても
他人《たにん》に言《い》われると腹《はら》が立《た》つ、
身内《みうち》みたいな感覚《かんかく》

今井 知美
福井県 29歳

「なーんもないとこやでえ。
ほんま、海《うみ》と山《やま》しかないねん。」
…実《じっ》はちょっと自慢《じまん》。

梅木 実香
福井県 23歳 事務職

学校《がっこう》までの地図《ちず》かくと、
色《いろ》えんぴつの緑《みどり》だけへる。
他《ほか》の色《いろ》もぬりたいよ。

織田 康弘
福井県 8歳 小学校

十二《じゅうに》まで父《ちち》に背負《せお》われ通《かよ》った銭湯《せんとう》。
空《あ》き地《ち》のぬかるみ、
いつも月《つき》がついて来《き》た。

金替 繁一
福井県 39歳 福祉施設入所中

大《おお》きな川《かわ》に大《おお》きな魚《さかな》、
大《おお》きな木《き》に大《おお》きな虫《むし》、
やっぱりふるさと一番《いちばん》

坂上匠
福井県　11歳　小学校

何年後《なんねんご》になるだろう。
いつも見《み》ている風景《ふうけい》が
なつかしく思《おも》える日《ひ》は。

坪田 育枝
福井県 13歳 中学校

宝石箱《ほうせきばこ》にもゴミ箱《ばこ》にも思《おも》えるふるさと。
私《わたし》の気持《きも》ち次第《しだい》と今《いま》になって気《き》がついた。

長谷川 美津代
福井県 42歳 公務員

心《こころ》がぎゅうっとなってとりあえず笑顔《えがお》で
ちょっとうるさいところ！

林 正愛
福井県 25歳 歯科衛生士

こんな町《まち》！こんな家《いえ》！
そう思《おも》うのは
きっと今《いま》だけなんだろうなぁ。

福田 恵理
福井県 17歳 高校

田《た》んぼ、田《た》んぼ、電灯《でんとう》。
田《た》んぼ、田《た》んぼ、田《た》んぼ、電灯《でんとう》。
帰《かえ》り道《みち》、やっと見《み》えたわが家《や》の明《あ》かり。

保木 沙織
福井県 15歳 中学校3年

山《やま》が白《しろ》い着物《きもの》をはおると、
火燵《こたつ》の中《なか》の足《あし》が増《ふ》える。
笑《わら》い声《ごえ》が絶《た》えない私《わたし》の冬《ふゆ》。

赤羽 靖子
長野県 17歳 高校

あれほどに、帰《かえ》りたかったふるさとに、
帰《かえ》ってみれば、
どこかやっぱり、私《わたし》は異邦人《いほうじん》

遠藤 美佐子
山梨県 41歳 主婦

いつもお母《かあ》さんと電話《でんわ》で話《はな》してると
隣《とな》りでお父《とう》さん泣《な》いてたんだって。

小林 直子
山梨県 22歳 大学

こんな田舎《いなか》イヤだ。
だって、プリクラもないし。
あるものは、田《た》んぼだけ。
でも、好《す》き♡

大森 亜希
岐阜県 14歳 中学校2年

意味《いみ》のないカギがついた玄関《げんかん》だけど、
今夜《こんや》もぐっすりじゅくすいだよ。

下見 英人
岐阜県 18歳 高校

単線《たんせん》の駅長《えきちょう》さん、
水《みず》を打《う》ちながら切符《きっぷ》に
はさみを入《い》れてくれた。

竹中 陽子
岐阜県 62歳

魚《さかな》を横《よこ》に見《み》ながら泳《およ》いだ川《かわ》。
今《いま》でも昔《むかし》みたいに見《み》えるかな。

長屋 亮
岐阜県 14歳 中学校

旅行者《りょこうしゃ》のふりをして
車《くるま》でちょっと寄《よ》ってみる
昔《むかし》、幸《しあわ》せになれなかった街《まち》

八木 利恵
静岡県 35歳

辛《つら》い時《とき》ふるさとの母《はは》に方言《ほうげん》で電話《でんわ》する
矢《や》っ張《ぱ》り母《かあ》ちゃんの方言《ほうげん》
説得力《せっとくりょく》あるなあ

横井 光枝
静岡県 55歳

「富士《ふじ》」
戸籍謄本《こせきとうほん》の父《ちち》の欄《らん》の空白部分《くうはくぶぶん》を
あなたが埋《う》めてくれたのです。

青木 磐
愛知県 66歳

山《やま》は逃《に》げないけど、
齢《とし》は逃《に》げると、白馬岳《しろうまだけ》に登《のぼ》ったよ。
山《やま》は笑《わら》ってくれたよ。

伊東 敦子
愛知県 63歳

田舎《いなか》が欲《ほ》しかった
昔《むかし》 絵日記《えにっき》を描《か》く為《ため》に
今《いま》 疲《つか》れをとる為《ため》に
田舎《いなか》にゆきたい

服部レイコ
愛知県 28歳

都会《とかい》の女《おんな》を演《えん》じるのに疲《つか》れました。
全部《ぜんぶ》脱《ぬ》ぎすてて帰《かえ》りたいです。

荻原 まり
愛知県 36歳 主婦

いろいろ考《かんが》えた結果《けっか》、
本籍《ほんせき》をこちらに移《うつ》しました。
さようなら私《わたし》の故郷《ふるさと》。

藤澤 枝井子
愛知県 48歳 主婦

一駅《ひとえき》一駅《ひとえき》故郷《ふるさと》に近《ちか》づくと、
江州弁《ごうしゅうべん》が多《おお》くなる。
だから私《わたし》はいつも鈍行《どんこう》で帰郷《ききょう》する。

松本 禮子
愛知県 65歳 主婦

母《かあ》さんが留守《るす》で、里帰《さとがえ》りした気《き》がしない。
ふるさとって、母《かあ》さんのことだったんだ。

松山 博子
愛知県 30歳

電話《でんわ》を掛《か》けると、近《ちか》く感《かん》じ。
小包《こづつみ》が届《とど》くと、遠《とお》く感《かん》じる所《ところ》が
妙《みょう》に神秘的《しんぴてき》なのです。

三井 ようこ
愛知県 29歳 専業主婦

疎開《そかい》でお世話《せわ》になりました
毎日《まいにち》お城《しろ》を見《み》てました
一筆啓上《いっぴつけいじょう》の城《しろ》だったのですね

嶋　昭一郎
京都府　69歳　嘱託社員

遠《とお》い夏《なつ》、
スイカやお茶《ちゃ》を冷《ひ》やしたあの井戸《いど》は
覗《のぞ》きこむと　恐《こわ》かったですね

松井 美弥子
京都府 44歳 主婦

あなたが別《べつ》の女《おんな》を連《つ》れて帰《かえ》ったふる里《さと》。
私《わたし》は絶対《ぜったい》に帰《かえ》らない。

市橋 智子
大阪府 36歳 主婦

遠《とお》いふるさと
生《い》きている人《ひと》も　死《し》んだはずの人《ひと》も
みんな仲《なか》良《よ》く暮《く》らしてる

奥村 実
大阪府　49歳　会社員

思《おも》いだしたくもない
いじめられっ子《こ》にはうす汚《よご》れてみえる

梶 孝子
大阪府 36歳 主婦

「まいど！　おおきに！」
ああ、やっぱり此所《ここ》やな、
今日《きょう》もがんばろう、私《わたし》の船場《せんば》。

桑田あけみ
大阪府　39歳　着付

小《ちい》さなボロ家《や》。集団洗濯場《しゅうだんせんたくば》。
屋上《おくじょう》は私達子供《わたしたちこども》の秘密基地《ひみつきち》。
冒険《ぼうけん》の毎日《まいにち》だったあの日《ひ》。

坂本 達子
大阪府 17歳 高校

散髪《さんぱつ》したお父《とう》さんを
「知《し》らない人《ひと》」だと泣《な》いたっけ。
なんて、急《きゅう》に想《おも》い出《だ》したり。

榊原 みか
大阪府 23歳

嫁《とつ》いだらもう帰《かえ》れないとわかった日《ひ》から、
私《わたし》の心《こころ》の中《なか》にふるさとができました。

冨里 千津恵
大阪府 42歳 主婦

いつか、
「お帰《かえ》りなさい」を言《い》って欲《ほ》しくて
「さようなら」を言《い》いました。

日沖 直也
大阪府 24歳 会社員

一年《いちねん》でも長《なが》く〝故郷《ふるさと》〟を残《のこ》しておきたくて、
空《あ》き家《や》の実家《じっか》へ風《かぜ》を入《い》れに帰《かえ》る。

土屋 溢子
大阪府 56歳 主婦

いつ聞《き》いても耳《みみ》につく大阪弁《おおさかべん》が嫌《いや》だ。
でもTVの標準語《ひょうじゅんご》が妙《みょう》にむかつくのはなぜ？

松宮 浩二
大阪府 17歳 高校

これからふるさとになっていくこの場所《ばしょ》。
一体《いったい》どんな事《こと》がおきるのだろう。

竹内 孝尭
兵庫県 12歳

テレビで故郷《ふるさと》が映《うつ》り、ドキッ。
どうか良《よ》いニュースでありますように…。

田中 博美
兵庫県 28歳 主婦

全国《ぜんこく》高等学校《こうとうがっこう》野球大会《やきゅうたいかい》。
応援《おうえん》するのは地元《じもと》代表校《だいひょうこう》ではなく、
決《き》まって故郷《ふるさと》の代表校《だいひょうこう》。

平野正
兵庫県　45歳　銀行員

進学《しんがく》、就職《しゅうしょく》、転勤《てんきん》、結婚《けっこん》
決断《けつだん》すべき岐路《きろ》の答《こた》えは
故郷《くに》から遠《とお》くなる方角《ほうがく》ばかり

八瀬 佳織
兵庫県 30歳 会社員

今《いま》でも夢《ゆめ》にみる嵐《あらし》の日《ひ》の新聞配達《しんぶんはいたつ》、
犬《いぬ》にもかまれた、崖《がけ》から落《お》ちた、
貧乏《びんぼう》だった。

山田 博之
兵庫県 43歳 会社員

氏神《うじがみ》の参道《さんどう》。
小《こ》石《いし》をそっとポケットにしまった。
ふるさとの石《いし》だ。

西島 正邦
奈良県 73歳

ふるさとがあるから出稼《でかせ》ぎて云《い》うんだな、
近《ちか》いうちに帰《かえ》るよ。

原田 栄太郎
奈良県 74歳

人《ひと》は嗤《わら》うでしょうか。私《わたし》はコリアン。
でも、私《わたし》のふるさとは津軽《つがる》です。

朴才暎
奈良県 42歳 カウンセラー

蛭《ひる》に吸《す》いつかれながら、
汁田《しるでん》で田螺《たにし》を取《と》った話《はなし》、
子供《こども》には通《つう》じなかった。

河本 律子
奈良県 55歳 書道教師

出生以来《しゅっせいいらい》　転居《てんきょ》を重《かさ》ねて
定住《ていじゅう》とは無縁《むえん》だった。
ふるさとへの想《おも》いは　私《わたし》にはない。

吉岡 和生
和歌山県 62歳

砂浜《すなはま》と波打《なみう》ち際《ぎわ》を素足《すあし》で歩《ある》く。
足《あし》の裏《うら》から感《かん》じたいから
「おかえり」って。

西川 明子
鳥取県 30歳 会社員

使《つか》うのをさけてきた　故郷《さと》の方言《ことば》
嫁《とつ》いだ先《さき》でなぜか
口《くち》からポロポロこぼれ始《はじ》めた

竹内　加代子
鳥取県　29歳　主婦

なんで、あほやなあ、好《す》きやねん、
これが、私《わたし》のふるさと、
あーやっぱり大阪《おおさか》は、ええなあ。

大久保純子
島根県　39歳

私《わたし》のふるさと、ありがとう。
かなしい時《とき》、
温《あたた》かく包《つつ》んでくれた宍道湖《しんじこ》の夕日《ゆうひ》。

河角 綾子
島根県 14歳 中学校3年

今《いま》も昔《むかし》もある自然《しぜん》の食料《しょくりょう》。
昔《むかし》はもっとあったんだろうな。
縄文人《じょうもんじん》は得《とく》したな。

河野 知奈
島根県 13歳 中学校

木《き》木《き》木《き》3つあわせて森《もり》だけど
私《わたし》がいるとこ森《もり》森《もり》森《もり》ってかんじかなぁ。

間絵里
島根県　13歳　中学校

「まあ！かおりちゃんかね。」と
言《い》ってくれると思《おも》ってた。
若《わか》い世代《せだい》の店《みせ》になってた。

細谷 香織
島根県 教師 35歳

土《つち》、草《くさ》、木《き》、空《そら》、水《みず》、石《いし》ころ、
みんな身体《からだ》にしみていて、
石《せっ》けんつけても落《お》ちません。

山本 訓枝
島根県 48歳 町臨時職員

低《ひく》い山波《やまなみ》を見《み》て「形《かたち》がいいね」と
よそから来《き》た人《ひと》から言《い》われた。
ふるさとを見直《みなお》した。

木山 京子
岡山県 43歳 パート

塩《しお》の香《かお》りするあの町《まち》のあの部屋《へや》に
電話《でんわ》をかけてみようか、
ふとそう思《おも》った。

柴田 理恵子
岡山県 22歳 大学

ゴミのポイ捨《す》て。犬猫《いぬねこ》のフンの路上放置《ろじょうほうち》。
大阪《おおさか》が故郷《ふるさと》の者《もん》もおるんや。もう汚《よご》すな!!

國近 佳子
岡山県 32歳 主婦

ふるさとが　二《ふた》つできたよ　うれしいね
キミのふるさと　ボクのふるさと

貴船たゞし
岡山県　67歳　自由業

遠《とお》くに来《き》ちゃったな、
あまりに速《はや》く減《へ》る
テレカの度《ど》数《すう》でやっと気《き》付《づ》いた。

植松 郁美
広島県 19歳 大学1年

けもの道《みち》のような
急坂《きゅうざか》の通学路《つうがくろ》も今《いま》は広《ひろ》い道《みち》に。
でも子供《こども》は一人《ひとり》も。過疎《かそ》です。

藤原 勉
広島県 69歳

早春《そうしゅん》、黄砂《こうさ》の飛来《ひらい》を
いち早《はや》く気《き》づく大連《だいれん》生《う》まれの私《わたし》に、
黄砂《こうさ》は故郷《ふるさと》の懐《なつか》しい便《たよ》りです。

藤井 貞雄
広島県 75歳

これからは、ここがあなたのふる里《さと》よ。
おもい、おもい姑《しゅうとめ》の言葉《ことば》。

村上結佳
広島県　40歳　会社員

幼《おさな》い頃《ころ》、一等席《いっとうせき》だった松《まつ》の枝《えだ》。
そこから未知《みち》の世界《せかい》を夢見《ゆめみ》たっけ。
もう一度《いちど》、登《のぼ》りたい。

畑山 静枝
山口県 50歳 会社員

季節《きせつ》がきて
店先《みせさき》でふいにあなたたちを見《み》つけると
私《わたし》は心《こころ》がおどります。

村松 ゆかり
山口県 30歳 主婦

母《はは》の、父《ちち》の、おじいちゃんおばあちゃんの、
夕日《ゆうひ》の、樹々《きぎ》の、縁側《えんがわ》の、温《ぬく》もり。

冨士 佳輝
徳島県 16歳 高校

いつの日《ひ》も、
優《やさ》しい眺《なが》めで包《つつ》んでくれた美《うつく》しい川《かわ》は、
ぼくの心《こころ》を魚《さかな》にする。

中本 有美
徳島県 15歳 中学校

島《しま》を離《はな》れて二《に》ケ《か》月《げつ》、
最初《さいしょ》に開《ひら》く新聞《しんぶん》のページが
地方欄《ちほうらん》に変《かわ》りました。

徳丸 真一
愛媛県 34歳

お母《かあ》さん、
宅急便《たっきゅうびん》の野菜《やさい》が包《つつ》まれていた新聞《しんぶん》、
しわを拡《ひろ》げて読《よ》んでいるよ。

花村 純子
高知県 36歳 主婦

故郷《ふるさと》を三回旋回《さんかいせんかい》してとび去《さ》った飛行機《ひこうき》は、
特攻隊員《とっこうたいいん》だったろうと今《いま》も信《しん》じてます。

青沼ミユキ
福岡県　67歳

駅前《えきまえ》から61番《ばん》のバスに乗《の》って約《やく》40分《ぷん》、
私《わたし》にとってこの町《まち》が、地《ち》球《きゅう》の中心《ちゅうしん》です。

尾崎 裕光
福岡県 37歳 自営

草原《そうげん》を駈《か》け　馬頭琴《ばとうきん》を奏《かな》でる。
今《いま》も憬《あこが》れの故郷《ふるさと》、
大好《だいす》きだった『スーホの白《しろ》い馬《うま》』

田中 悦子
福岡県 26歳 大学通信

おじいの三線《さんしん》でおどる島《しま》。
おばあの島歌《しまうた》でねむる島《しま》。
鉄《てつ》の鳥《とり》、鉄《てつ》の玉《たま》でゆれる島《しま》。

長濱 英美
福岡県 27歳 事務員

意地《いじ》で一《ひと》こぎ、根性《こんじょう》で一《ひと》こぎ。
三年間《さんねんかん》ペダルを踏《ふ》んだ山道《やまみち》。
県立高校《けんりつこうこう》は遠《とお》かったなあ。

村井 美保子
福岡県 61歳

今《いま》から　父《ちち》の骨《ほね》を持《も》って帰《かえ》ります。
どうか、もう許《ゆる》してあげて下《くだ》さい。

山口　みゆき
福岡県　32歳　主婦

今夜《こんや》も夢《ゆめ》で広《ひろ》い草原《そうげん》で
うまに乗《の》って遊《あそ》んでいます。
ふるさとへ帰《かえ》りたい。

斯日古楞《すりぐれん》
福岡県　23歳
〈内モンゴル出身〉

野菜《やさい》どもはな、人《ひと》の脚音《あしおと》を喜《よろこ》ぶそうじゃ。
こまめに行《い》って、お前《まえ》の脚音《あしおと》を聞《き》かせろや。

篠原 眞
佐賀県 73歳

古郷《ふるさと》より父《ちち》を選《えら》んだ母《はは》
古郷《ふるさと》より大切《たいせつ》な人《ひと》が私《わたし》にも現《あらわ》れるとかな。

田　貴子
長崎県　16歳　高校

私《わたし》は広島《ひろしま》で生《う》まれ、長崎《ながさき》で成長《せいちょう》した。
ふるさとごめんなさい。私《わたし》は無力《むりょく》です。

西村 優
長崎県 50歳 デザイナー

人間《にんげん》の心《こころ》にふるさとがあることを
教《おし》えてくれた先生《せんせい》の故郷《ふるさと》へ
永住《えいじゅう》を決《き》めました。

山口 直輝
長崎県 62歳

お母《かあ》さん、故郷《ふるさと》とは人間《ひと》です。
あなたを失《うしな》った今《いま》、わかりました。

鶴山 由美子
熊本県 31歳 公務員

金魚《きんぎょ》の泳《およ》いでいる町《まち》、
それに大《おお》きな船《ふね》を造《つく》っている町《まち》です。
それに星《ほし》もきれいです。

山下 岩光
熊本県 71歳

何《なに》もない　そう思《おも》ってた　あの場所《ばしょ》に
全《すべ》てがあったと　知《し》る今日《きょう》この頃《ごろ》

石丸裕
宮崎県　17歳　NHK学園2年

霧子山《きりこやま》に立《た》って、
あなたの故里《ふるさと》を見下《みお》ろしています。
お約束《やくそく》の灰《はい》を握《にぎ》りしめて…

川並 洋子
宮崎県 69歳 主婦

ただいま、と言《い》えば、
こわれた時計《とけい》まで返事《へんじ》してくれたよね。
私《わたし》だけのふるさとさん。

塗木 ゆかり
鹿児島 12歳 中学校

地球儀《ちきゅうぎ》を回《まわ》してみても見《み》つからないから、
書《か》きこんでいるよ、
感謝《かんしゃ》しろ伊良部島《いらぶじま》

伊良皆 貴司
沖縄県 18歳 高校

日系人《にっけいじん》の夏祭《なつまつ》りは
日本中《にほんじゅう》の田舎《いなか》のごった煮《に》で、
これが私《わたし》のふるさとです。

河野弘子
アメリカ　45歳　主婦

自分《じぶん》の生《う》まれた場所《ばしょ》じゃない。
帰《かえ》りたい場所《ばしょ》が、ふるさとなんだ。

佐野 優子
アメリカ 16歳

息子《むすこ》が出来《でき》た。
この、日本《にほん》とカナダの合作《がっさく》に、
まだ見《み》ぬ故郷《ふるさと》の事《こと》を、
日本語《にほんご》で話《はな》しかける。

横山雄二
カナダ　44歳

あの家《いえ》、あの道《みち》、あの竹林《たけばやし》。
かすかにある記憶《きおく》忘《わす》れたくないから、
もう一度《いちど》

笠間 信隆
イギリス 13歳

NHKのど自慢《じまん》ブラジル大会《たいかい》で、
最後《さいご》に、皆《みな》で、故郷《ふるさと》を偲《しの》び、
ふるさとを歌《うた》いました。

吉野 嘉一
ブラジル 64歳 新聞社

英語版「ふるさとへの想い」一筆啓上賞

A Brief Message from the Heart
LETTER CONTEST

" A Memory of my home town "

The little old car blew a tire
on a road to nowhere.
The farmer walked up to the fence
and said,
"Aren't you 'Shorty's' son?"

Bob L. Gramley (Albuquerque, NM/M.51)

ちいさなおんぼろ車が、
果てしなく続く道でパンクしちゃった。
そんな時農夫が柵に近づいてきて
「おまえ、あの“ショーティー”の
　せがれじゃないのかい?」

ボブ L. グラムリー (ニューメキシコ州アルバカーキ市 51歳)

Tiny jewel by the joining
of the rivers,
The whistle of the train ;
How can I leave?
How can I stay?

Tom Lombardo (Windsor, CT/M.49)

川が交わってできる
ちっちゃな水の宝石。
遠くに聞こえる汽笛の声。
故郷去り難し、
されど住み難し。

トム・ロンバード（コネチカット州ウィンザー市 49歳）

Fruit market in front of the station.
My sister buys one melon
and comes up the steep hill,
humming.

Naoko Tomioka (Kingston, Ont. Canada/F.20)

駅の前の八百屋。
姉さんがメロンを1つ買って
ハミングしながら坂のぼり。

富岡 奈緒子（カナダ オンタリオ州キングストン市 20歳）

あとがき――ふるさとありて

ふるさとは誰にでもあります。それは想い出の地、人だからです。人が生きている限り人と交わり、物にふれ、大地に足を踏みしめているからに違いありません。

今回寄せられた五万一四三二通にはふるさとに寄せるあふれる想いを感じることができました。希薄になったと言われる〝ふるさと〟に対する想いが深く静かにしっかりと根付いていることにも感動させられました。

一方で、変化してゆくふるさとに、失われてゆく想い出を悲しい想いで見つめているまなざしを、無視することもできません。

特別な想いでふるさとを見つめている多くの手紙に、これからのふるさとのあり方を感じます。このいとおしきものに届けられた手紙を一部ではありますが、皆様にお届けできることをとても深く感謝します。

郵政省（現 日本郵便）の皆さん、住友グループ広報委員会の皆さんには特段のご配慮をいただき、手紙文化のひろがりに重要なお力添えをいただきました。

この増補改訂版発刊にあたり、丸岡町出身の山本時男さんがオーナーである株式会社中央経済社の皆様には、大きなご支援をいただきました。ありがとうございました。

最後になりましたが、西予市とのコラボが成功し、今回もその一部について関係者の方にご協力いただいたことに感謝します。

二〇〇九年九月吉日

編集局長　大廻　政成

日本一短い手紙　ふるさとを想う　一筆啓上賞

二〇〇九年一一月一〇日　初版第一刷発行
二〇一四年　六月二〇日　初版第二刷発行

編集者――公益財団法人丸岡文化財団
発行者――山本時男
発行所――株式会社中央経済社
〒一〇一―〇〇五一
東京都千代田区神田神保町一―三一―二
電話〇三―三二九三―三三七一（編集部）
〇三―三二九三―三三八一（営業部）
http://www.chuokeizai.co.jp/
振替口座　00100-8-8432
印刷・製本――株式会社　大藤社
コラボ撮影――片山虎之介
編集協力――辻新明美

*頁の「欠落」や「順序違い」などがありましたらお取り替え
いたしますので小社営業部までご送付ください。（送料小社負担）

ISBN978-4-502-42640-7　C0095

© 2009 Printed in Japan